散り紅葉
―雪月花―

父が旅先で死んだ。悲しみの涙はなく、哀しみの涙が流れた。

雪乃の父、三枝智之は、横浜の市街地から少し離れた海沿いの村に、何軒もの小作農家を有する富農の家に生まれた。海岸から離れた高台の競馬場の下に広がる広大な敷地に、長屋門、ゆったりとした大屋根の母屋、隠居所を兼ねた離れなどの家屋敷を有していた。兄弟の多くが、幼い頃に亡くなり、唯一残された跡取り息子の智之を、祖父母は大事に囲うように育て上げた。外で活発に活動することより、屋内で静かに読書するような生活をしていたこともあり、中高な顔と合わせて、どことなく、公家を思わせる風貌であった。小作農家からのあがりで食うに困ることはなかったし、高台の下、岸辺近くの道沿いに、別棟で営んでいたタバコ屋からの現金収入があったから、智之は死ぬまで自ら働いたことがない。読書家であり、詩歌、書画をたしなみ、歴史にも造詣が深い。文人墨客の風情があった。雪乃の母、鈴は、近隣の富農の出で、美貌を見込まれて結婚した。舅姑に仕え、声を荒げる姿など見たこともないような、おとなしい女だった。戦争が激しくなる前までは、雪乃たち姉妹に、書道や、華道、茶道を学ばせるゆとりがあった。父智之の暮らしぶりに、何の疑念も抱かず、雪乃は憧れさえ抱いていたのかもしれない。

雪乃が十歳の頃だったろうか、縁側から庭を眺めている智之のそばに座り、名前の由来を聞いたことがある。

「父さん、わたし、四月生まれなのに、どうして、雪乃なの」

「そうだね。雪といったら冬だものね。でもね、雪乃が生まれたその日は、珍しく四月になって降った淡雪が、咲き始めた桜の花にうっすらと被り、春と冬が重なり合って、それは見事なくらい美しかった。だから、その朝生まれたおまえに、雪乃、と名付けたのだよ」

「じゃあ、月子は」

「月子はね、秋、煌々と冴えわたる満月の夜に生まれたんだ。だから月子」

「じゃあ、じゃあ、花代は」

「雪乃と同じ四月生まれだったけど、桜吹雪の下、満開の菜の花畑、だから花代。あわせると、『雪月花』になったのは偶然ともいえるかなあ」

女ばかり三人続いた後、忘れたころに、長男を授かった。戦時中に生まれた弟に、お七夜の日、初めての男の子の顔を見ながら、父智之は、

「今の御時勢に逆らうようだが、たくましさより、ゆったりと優雅に育ってほしい。お前は雅彦だよ」

命名　雅彦　と墨痕鮮やかに半紙に書いた。

名前の由来を笑顔で語る父の姿が、雪乃の良い思い出の一ページとして残されている。


終戦後、生活は一変した。祖父母が相次いで亡くなり、農地解放があり、土地田畑が僅かに残された。しかし父智之はこれまでの生活を変えることなく過ごしていた。そこに入り込んだのが、競馬だった。懐狙いの悪友が誘った初めての競馬で、大穴を当てた。この幸運が転落の始まりとなる。地方競馬まで追いかける。たまに当てる小さな儲けと、その何十倍の損。残された田畑も借金

のかたに消えてゆく。中年を過ぎてからののめり込みは、まさに狂うという字が当てはまる。ただ父の狂乱のほんの一点の許しを探すとしたら、単に賭博それだけではなかったことだろうか。勝ってご機嫌な時、父は馬の美しさ、人と馬との一体感、駆け引きの醍醐味などを、かつて見せたことのない顔で語ったものだった。母屋は売り払われ、住居も兼ね備えていたとはいえ、狭苦しいタバコ屋に住まいを移し、詫び住まいを余儀なくされた。おっとりと構えていた母も夫の行状に、タバコの専売権だけは死守した。そのお蔭で、雪乃はどうにか女学校から高校に変わった学校を続けることが出来た。

雪乃高校三年の秋、会合に出かけた母の代わりに、たまたまタバコ屋の店番をしていた。通りに面した店は、会社帰りの客が立ち寄るので、夜の七時まで店を開けている。そろそろ店を閉じようと、店の外に出た。折しも中秋の名月。月を見上げて佇んでいた。

一条直哉は大学の友人宅を訪れようとして通りがかった。月を見上げる女性の姿に立ち止まった。憂いを秘めたその姿は、月よりの使者を迎えるかぐや姫を思わせ、その周りが淡い光に囲まれているかのように思われた。しばし立ち止まっていた。我に返ったようにおずおずと、声をかける。

「あのー、梶原さんのお宅はこのあたりでしょうか？」

かすかな関西訛りのある問いかけに、その人は幻想から舞い戻ったように答えた。

「梶原さんのお宅でしたら、次の角を左に入って三軒目です」

それが、雪乃と直哉の出会いであった。

直哉が次に雪乃を見かけたのは、図書館であった。閲覧室に座る人たちの中に、そこだけ淡い光に包まれている。それはまさしく、竹藪の中の竹の一本が、小さな姫を抱き、光り輝いていた竹取物語のかぐや姫を連想させるものであった。これまでも、曜日を変えたり、時間をずらしたりして、梶原の家を訪ねたが、あの日以来、店の前にその姿を見ることがなかった。目の前の人は、高校の制服を着ていたし、髪も三つ編みにしていて、あの夜の姿ではなかったが、間違いはない。その日は声をかけず仕舞いだった。数日後、再びその姿を目にした。本から目を上げたその人と直哉の目があった。「あらっ」という感じでその人が軽く会釈をする。時を待たず、直哉がその人の前の空いた席に腰を掛けた。驚いたように目を見張る。直哉はためらわず声をかけた。

「先日はどうも」

「ああ、やっぱり、あの日の月よりの使者さんでしたか」

はにかみとちょっぴりのユーモアを含んだ柔らかな言葉であった。

周りの目と耳が気になる。直哉が、

「ここを出ませんか?」と囁いた。

駄目元でかけた言葉であったが、意外にもあっさりと席を立ち、直哉とともに閲覧室から図書館の外に足を運んだ。

「声をかけたりしてご迷惑ではなかったですか」

「いえ、ちょうど帰ろうかと思っていましたので」

「突然の申し出でびっくりなさったかもしれませんが、決して怪しいものではありません」

「ふ、ふ、ふ。月よりの使者さんですもの、怪しいなんて思っていません。それに梶原さんのお知り合いでしたでしょ」

「梶原がそんなに信頼されているとは驚きだなあ」

「ご近所の幼馴染ですもの。私が勝手にそう思っていただけですけど、梶原さんは、小さいころから、優しくて優秀なお兄さんみたいな人と、憧れていました」

「それは、それは、うらやましい限り。その梶原の大学の経済学部同期で、一条直哉と申します。以後お見知りおきを。あの夜、『月見酒を我が家でのもう』と誘われて、初めて訪ね、探しあぐねてお尋ねした次第です」

「そうでしたか。私は、自分から言うのもなんですが、ふ、ふ、あのタバコ屋の看板娘で、三枝《さえぐさ》雪《ゆき》乃《の》と申します」

　これまでも、雪乃に言い寄る男は少なからずいた。が、誘いに乗ることなどなかった。雪乃が警戒心を感じることなく言葉を交わしたのは直哉が初めてであった。あの夜の出会いがそうさせたのだろうか。お互い、出会いの時の思惑を語ることはなかったのに、直哉は雪乃にかぐや姫を連想し、雪乃は直哉を月よりの使者として受け止めていた。

お互い惹かれあうとそうなるのだろうか、学校帰りなどのわずかな時間でも共にする機会が増える。休日の動物園や公園など散策する場所や時間は、いくらでも作ることができた。何より話題が尽きず、一緒にいて楽しかった。雪乃の家庭内の憂いごとも、一緒にいれば忘れられた。直哉の人となりを知るにつけ、より一層離れがたい気がする。その一方で、京都の老舗和菓子店の次男坊であること。長男があとを継いでいるから、京都を離れて自由気ままに生活できることなどを知ったうえでも、わが身と照らし合わせて、これ以上進むことは憚れる思いを強くしていった。一歩進んだ分、退く一歩を用意しての付き合い方を雪乃は心に秘めていた。出会いのころまで進学を志していたが、家の経済状況を考えるとそれは無理と得心し、雪乃は就職に方向転換した。

出会いから約半年、雪乃は高校を卒業。決まっていた小さいが堅実な貿易会社に就職した。就職してまもない六月、父の死の知らせが届いた。涙雨を思わす梅雨空のもと、慌ただしく侘しい葬儀を済ませた。梶原から連絡を受けたらしい直哉の焼香する姿を遠目に見たが、それきりしばらく会えないままでいた。現実に戻れば、まだ学業半ばの妹二人、年の離れた弟の生活が雪乃の肩にかかっていた。母は心臓病の持病が有り、無理は出来ない。タバコ屋と、家事に専念する他はない。取りあえずの生活はタバコ屋の収入でカツカツの生活はできる。が、父の死後に発覚した借金は、雪乃の給料で返せる額ではなかった。

会社に勤めて、秋風の立つ頃であった。伊勢佐木町、馬車道に近い表通りから路地に入った会員制のバー「さくら」。社長が「社会探訪」と言いながら雪乃を店に伴った。雪乃には初めての世界だった。社長の側で緊張しながらオレンジジュースを口に運ぶ。その時、通いの女の子がやめて、後を捜しているとママが言っているのを小耳に挟んでいた。

十二月の賞与を手にしても、借金を返せるめどには程遠い。頑張ってはみたが限界だと思った。あのバーのママの言葉が頭をよぎった。会社帰りに、恐る

恐る店を尋ねる。まだ代わりの女の子は見つかっていなかった。家庭の事情を話す。ママは、

「私の予感が当たったわね」と言い、

「来るべくして来たのかもしれないわね。初めてこの店に貴女が来た時、いつかはこんな風になるんじゃないかって、どこかで勘が働いていたの」と、雪乃を見つめた。ママは直ぐに採用してくれた。それでも、

「この店は、お酒を出すところ。貴女の四月の二十歳の誕生日を待って店には来なさい。それまで、たとえ一年とはいえお仕事して、お給金いただいたのだから、社長さんの了解も取って、後始末はしっかりとしなさい。それがけじめというものよ」

それはママの思いやりの言葉でもあると雪乃の胸に響いていた。

雪乃が就職して、徐々に直哉と会う回数は減っていった。父親の死後はなお回数が減った。それでも会えば背負う重荷を忘れて、甘い夢に身をゆだねることになる。直哉が語るこれからの生活設計を、叶わぬ夢と知りながら、その時

だけは一緒に浸っていた。

横浜の大学を卒業後、直哉は大阪にある会社に就職が決まっていた。どう取り繕っても結婚は無理だと雪乃には分かっていた。就職を前に、直哉が京都の実家に帰郷するという前夜、雪乃は、直哉の下宿を訪れる。あらかた荷造りも済ませた部屋で向き合う。

「すぐにというわけにはいかないけれど、必ず迎えに来るから待っていてほしい」

と直哉が言い、うなずく雪乃を抱きしめる。最初で最後という思いを秘めて直哉の懐に飛び込んだ。震え縮こまるように身を預ける雪乃。目尻からあふれる涙を直哉が優しく吸い取った。その涙の意味するところを悟られまいと、雪乃は嗚咽を飲み込んだ。窓から射し込む月明かりを毛布にくるまって二人で見つめた。

「お月様に見られてしまったかしら」

つぶやきながら雪乃は出会いの時を思い出していた。初めて経験する身体の痛みにも増して、これで去っていかねばならない心の痛みが胸を抉る。別れの時が来る。

「今日はここでサヨナラね。見送りは無しよ」

あえて明るく言葉を交わし、流れる涙を見られないように振り返らず、後ろ向きのまま手を振った。曲がり角まで来た。ここまでくれば泪顔は分からないだろう。こらえきれず振り返る。まだ戸口に立って見送ってくれている直哉の小さな姿が、涙でくもった。

「これでお終《しま》い」

音信を絶ち、別れる決意は固まっていた。

就職して一ヶ月、勤務が落ち着いた直哉から近況報告の手紙が届く。返信をしたためる。

前略お許しくださいませ。

諸事情によりこのほど結婚することになりました。これまでのご厚情感謝いたします。

数々の思い出を胸に秘め、月よりの使者を待たずに、かぐやは、月に帰ります。

一条直哉様

三枝雪乃

短い偽りの文面を持って別れを告げた。

直哉には、清いままの雪乃の姿を残したかった。

「これでよかったのだ」雪乃は心おきなく一歩踏み出し、夜の世界へ入っていった。

バー「さくら」は、落ち着いた雰囲気の店である。磨き抜かれたカウンター
バー、スリムで無口な初老のバーテンダーと、気風がよく小粋な和服姿のママ。
客筋も会員制とあって上客が揃っている。客が連れ立つ外国人も数多い。色気
で売る店ではなく、雰囲気を楽しみながら酒を飲み、歓談する店であった。手
伝う女の子も、誰でもいいというわけにはいかなかった。雪乃が来るまで何人
も面接し、厳選していたのだ。

ママは、雪乃を家庭の事情を知ったうえで雇い、だからこそ、単なる従業員
としてではなく、大事に見守ってくれた。

「雪乃ちゃん、お店では、本名でなく、源氏名で由紀ちゃんと呼ぶわね」から
はじまり、客あしらい、振る舞われるお酒の扱い、閉店後の客の見え見えの誘
いの場合、ご機嫌を損じない逃げ方等々、そばに置いてさりげなく、バー勤め
のイロハから、しっかりと、仕込んでくれた。雪乃もまた、客のお酒の好みを
知ることや、接客法を身に付けることは勿論だが、客筋からも、英会話、経済、
日本の歴史に至るまで、教養を磨く必要があった。雪乃は、学校という器の中

ではなく、ママの心遣いにこたえるべく、実務の中で、教養を身に付けることに余念がなかった。

　夜の勤めにようやくなれてきた頃、勤めていた貿易会社の社長が、取引先の客を伴って訪れた。客はドイツ系アメリカ人、本国に病弱な妻を置いて単身日本に駐在中だという。後々語るには「一目惚れだった」とか。その後は社長抜きでその男エリオット、通称エリーが、雪乃目当てでバーに通い詰めた。明るくジョークを飛ばすエリーに心が和む。何時しかエリーの情にほだされていった。毛むくじゃらのエリーに初めて身を任せた時、初恋の彼、直哉を思ってチクリと胸が痛んだ。しばらくして、雪乃は実家を出て、エリーの住む磯子の高台にある外国人専用の高級アパートで暮らすことになった。時折、雪乃の実家にも出入りする。そのころはまだ珍しく手に入りにくい、ハム、ソーセージ、バター、チーズなどの食料品や、クッキーなどのお土産をたくさん持って訪れる。人目を気にせずに「愛してるよ」を連発して、キスをしたり抱きしめる姿には、思春期の妹弟にはひんしゅくものではあったが、人懐こい性格もあって、家族も、エリーが雪乃の実家に出入りすることを、両手を挙げての歓迎とは言えないまでも受け入れていた。

野毛山近くのバーが居抜きで売りに出されていた。雪乃独立にママも快諾。エリーの資金援助を得てバー「恵莉《えり》」を開く。夜の世界に足を踏み入れて五年余り。二十五歳の若いママの誕生だった。この五年の間に、少しずつ借金を返し、直ぐ下の妹月子も高校を卒業した。女の就職は縁故が優先されている。月子の就職には家族構成からして片親のハンデがあった。意に添わない職場で三年務めたが、雪乃独立を機に退職し、月子もまた二十一歳で、夜の世界に足を踏み出す。母鈴は、月子までも夜の仕事に就くことに、二の足を踏み、反対の意を唱えた。

「悪いことをするんじゃないし、お姉ちゃんの店で働くんだもの、これ以上安心な職場はないんじゃない」

と言って母を説得したのだった。

年若い二人のバー「恵莉」は、美人姉妹の店として評判を呼んだ。日本的丸顔小顔の雪乃は和服で、宝塚の男役を思わせる大柄の月子は、スーツ姿でカウンターに入った。会員制の「さくら」をひと回り小振りにし、気取りをなくし、それでいて、エリオットの後押しもあり、上客の出入りする、小洒落た店だった。

更に五年余り時が過ぎた。月子目当てで通う客の中の一人、何軒ものレストランや喫茶店を経営する家の息子で、店に食品を卸している会社に勤めている男だった。会社の給料だけでは身に着けられそうもない高級な服や腕時計、車も持っている。親がかりは明らかであった。背も高く、見てくれもいい。人当たりもさばけている。言葉巧みに言い寄る男に、月子はいつしか恋心さえ持つようになっていた。夜の客商売とは言いながら、月子はすれっからしではなかった。雪乃はハラハラしながら、それとなく用心するようにとアドバイスをしていたのだが、恋する女にはかえって火に油を注ぐようなもの。月子は結婚をも視野に入れて一途に突き進んでいた。ところが男は自分の思いを遂げれば、あとは冷めていくもの。追いかければ逃げるのが常道。男は会社の重役の娘との縁談が進むのをいい潮時と、月子に別れを迫ることになる。いつもの逢引の場所の部屋で男は切り出した。

「これできれいさっぱり別れてくれ」

結婚前に身辺整理をしろと、父親から渡された手切れ金の札束を月子に突きつける。

「私を『愛してる』と言ったことは嘘だったの」

「僕と結婚できるとでも思っていたのか。もともと水商売のお前とは、遊びでしかない」

「私とは、初めから遊びだったというのね……」

「そうさ、愛なんて言葉は釣り餌に過ぎない。それぐらい承知の上の付き合いだったんじゃないのかい」

それまでかっこいいと思っていた男の姿が、やたら薄っぺらさだけが目につく。

「後腐れないように、これを受け取って別れてくれ」

「馬鹿にしないで、あなたがどう思おうと、私はお金目当てであなたと付き合ったわけじゃない。これ以上、私を惨めな思いにさせないで。これは貰えない。どうせあなたのお父さんから出してもらったお金でしょ。持って帰ってパパに言いなさい。『あなたの可愛い馬鹿息子には二度と会いません、ご迷惑もかけませんからご心配なく』って」

涙をこぼすまいと目いっぱい開いた目で男にそう告げると、札束を男の手に捻じ込み、ドアから男を突き出して鍵をかけた。しばらくドアをノックしていたが、やがて靴音を残して男は去っていった。堪えていたものが堰を切った。嗚咽がやがて号泣に変わった。流すだけ涙を流して、自分の愚かさも捨て去った。

しばらくしても月のものが来ない。別れた精神的ショックのせいかと思ったが、そうではなかった。つわりに似た症状が出て妊娠していると気づいた。とんだ置き土産と思ったが、月子には迷いがなかった。

「そんな薄情な男の子供なんか諦めなさい」

雪乃の言葉に、月子は、

「私が一度は惚れた人、それに私にとっては初めての男。そしてこの子の父親なのよ。私は何がなんでも産んで育てる」

と宣言したのだった。決意の固さを見て取ると、雪乃は二度と「産むな」の言葉は口にせず、全面バックアップする。一度だけ、

「まあ何を言っても無駄とは思うけど、認知してもらって、養育費もらいなさいよ」

と半分冗談めかして言うと、月子は、

「これ以上、あの人を見苦しい惨めな悪者にしたくないわ」

月子は一切後ろを振り返ることはなかった。

妊娠に気づいてからは、一切アルコールは口にせずにすごした。雪乃の計らいで、腹が目立つ前に店に立つことを辞め、実家で規則正しい生活を送る。月子が店を休むことになったのを機に、半年かけて店の改装をした。その間、「さくら」のママから声がかかり、店の手伝いをすることになった。

「おっ、由紀ちゃん、出戻りかい」

昔なじみのお客が、訳知りの上のからかからかいの言葉を投げかける。

「またまた冗談を。期間限定で、ちょいとお手伝いいただいているのよ」

とママがとりなす。「さくら」での勤めの時の初々しさもさることながら、自分の店を構えた雪乃の大人びた様子に、以前にもまして好意的な声がかかる。

「時には顔を見せにおいでよ」

「お言葉ありがとうございます。『さくら』ともども、わたくしの『恵莉』もよろしく」

ある夜、上得意客の一人の和田山が、和服姿の七十代とおぼしき男と連れ立って来た。男は、銀色の髪、長痩身、眼光鋭く、さっと店を見渡した。

「ママ、ご無沙汰。大事なお客様だからよろしく」

席に案内するときに和田山に小声でつぶやかれた。

「あれ、由紀ちゃん、久しぶりだねえ。今日はどうしたの」

「ちょっとお手伝いなんですよ」

連れの男のまなざしが一段と鋭く雪乃を見つめた。その後は穏やかな表情で、和田山と静かに歓談していた。それが藤木との出会いであった。横浜に来たと言っては、度々顔を出す。「さくら」での顔合わせはほんの二、三度であったろうか。雪乃は、改装なった「恵莉」に戻っていった。

改装開店祝賀会をきっかけに、改装業者の若きリーダー、川西竜太が出入りするようになっていた。

月満ちて、月子は女の子を出産した。名前は宝玉を意味する「瑠璃」。ルリという呼び名は外国でも通じる音の響きだとして雪乃が付けた。母の手は借りたが、月子は一人で育てる。乳離れすると店に復帰した。子供を産んで一皮むけ、月子にはそれまであまり感じさせなかった色香が漂う。しばらくぶりに顔を出した月子と、川西が顔を合わせる。

「この人が、うわさのママの妹、亜紀さん」

店では、雪乃の由紀と合わせるように、月子は亜紀と名乗っていた。

「そう、ちょっと静養していたのだけれど、ようやく職場復帰よ。これからよろしく、ご贔屓にね」

「こちら、この店の改装を手掛けてくれた川西インテリア会社専務の川西さん。おかげさまですごくいい感じの雰囲気になったでしょ」

「そうね、由紀ちゃんの店っていう感じが強くなった気がするわ」

川西とは、お店の客としての出会いであった。三ヶ月もたたないうちに、一つ年下の川西が、どうしても一緒になりたいと月子に結婚を迫るようになった。前の男のこともある。月子はさっぱりとした性格で、あとを引きずることはないとはいえ、まだ傷口は塞がったばかりだ。何度も月子は断った。言葉巧みに言い寄る男は沢山だという思いが強かった。やんわり断り続けたが、引き下がらない川西に音《ね》をあげた。

「雪姉ちゃん、お得意様を減らすことになるかもしれないけど、川西さんのためとも思うから、私の事情を話すわね。いいかしら」

「私の見るところ、前の彼とは、月ちゃんへの想いも違うように思える。それでも、月ちゃん、川西さん双方の傷が深くなる前に打ち明けるのがいいかもしれないわね」

川西が休みの水曜日、昼会席を食べさせる店で会うことにした。店以外でプライベートに話ができることに、川西は二つ返事で出向いてきた。月子は、結婚回避の話をするつもりであった。月子は店では見ることのない、かっちりとしたスーツ姿に、髪も一つにきりりとまとめていた。軽い話題にとどめ、ゆっくりと時間をかけて食事をとる。川西は、月子の箸捌きのきれいさに、育ちの良さを見出していた。食後のお茶になって、月子は居ずまいを正して川西と向き合った。

「川西さん、私の話をよく聞いてくださいね。お店では、本名も年齢も明かさず勤めているのは分かっていますよね。今日は、川西さんが知っている、お店の亜紀としてではなく、本名の三枝月子としてお話しさせていただきます」

そう切り出すと、川西も座りなおして月子と向き合った。

「こうした仕事をしているうえ、どうやら私はあなたより一歳年上のようです。それだけでも、多分あなたのご家族は、結婚に反対されるはずです」

「それは私が承知していればいいことです」

「それだけではないのよ。その上……」

覚悟してきたとはいえ、さすがに言い淀む。

「その上って、なんなんです？」

全てを振り切って、まっすぐに川西を見据えた。

「私には子供がいます」

一瞬、場が凍りついた。が、すぐに川西は踏ん張った。

「お子さんの父親とは続いているのですか」

思いもしない反撃に面食らった。月子は、結婚の前に事実が判明して、悪路、迷路に踏み込まずに済んだと、しっぽを巻いて川西は逃げ去るだろうと予想していたのだ。思わず「娘の父親は、その存在すら知らない」

「では、その人と今はお付き合いしていないということですね。完全に切れているということですよね」

「そういうことにはなりますが……」

「なら問題はありません。私がその娘さんの父親になります」

「ええっ。ちょっと待ってください。気は確かですか？　自分の言っていることわかっています？」

「私は冷静です。亜紀さん、じゃなかった、月子さんさえ嫌でなければ、私との結婚を考えてください。今すぐお返事をと言いたいですが、時間も必要かもしれませんね。どうぞ、前向きに検討してください。お願いします」

「川西さんこそ、お時間が必要なんじゃありませんか？　慌てて答えを出して、後悔なさるのでは。どうぞ、とくにご家族のことも含めて充分に考えてください。私、甘言を弄して、あなたを言いくるめた悪女と言われたくはありませんから」

最後にユーモアを絡めて針をひそめた言葉を投げた。

案の定、川西が思うほど、自分の想いだけで、事は簡単には運ばなかった。川西インテリア会社社長で川西の兄ですら、雪乃姉妹を知ってはいても、詳しい事情を知っていたわけではない。川西は月子のことは嘘をつかず、知っている情報はすべて流して、家族と向き合った。

「竜太、目を覚ましなさい。水商売の女の甘い言葉に騙されてるんでしょ。年上のそれも子持ちだって。竜太は初婚なのよ、それにまだ二十七。選りによってなんでそんな女なのよ。これからあなたには相応しいいい人がきっとあらわれる、焦ることなんてないじゃないか」

母親の涙交りの言葉は胸に痛い。

「おふくろ、はじめから偏見のまなざしで見ないでくれないか。会えば分かってもらえる。彼女は、僕にとって運命の人そのものなんだよ。絶対あきらめない」

最初のうちこそ、川西の家族、特に母親は顔を合わせることさえ拒んでいた。しぶしぶ引き合わされた月子は、水商売に携わる派手な女と予想されたが、かえって育ちの良さがにじみ出るようなまじめで控えめな女であったことに、両親も次第に心を開いてゆく。月子の人柄を容認できても、最後まで障壁となったのは瑠璃であった。父親が誰ともわからない連れ子の存在を、家族はなかなか許そうとはしなかった。それでも川西は月子を選んだのだ。川西は辛抱強く時間をかけて説得し、家族の了解を得るに至った。結婚式や披露宴は、本来なら、会社関係など盛大に行われてしかるべきではあったが、事情が事情であったため、身内に限られたものとなった。川西は、瑠璃を養子縁組して引き取り月子と結婚した。

月子は結婚を機に家庭に入った。川西の家族は月子一家を冷ややかな目で見ていたのだが、思いもかけず月子が福の神の存在だったことに気づかされる。川西の家族に知られることはなかったが、雪乃が陰で働いて、客を引き合わせ、後押しする。インテリア会社には、次々と大口の仕事が舞い込み、しだいに事業の規模を拡大することにつながった。月子は表舞台に立つことはなく、後方支援にとどまる。竜太との仲はゆるぎないものとなり、結婚して一年後、竜太との間に男の子、雄太を授かった。

月子が結婚に至るまでの経過を見守るもう一人の姉妹がいた。雪乃の八歳年下の妹花代である。花代は雪乃や月子が果たせなかった夢を実現し短大まで進学。卒業記念と言って受けたミス横浜コンテストで、準ミスに選ばれ、一年間ミスの仕事をした。その間、開発事業の一環として開かれたイベントに参加した折、ある建設会社の社長のジュニアに見初められた。ミスの仕事が終わったのちも、ジュニアとの交際は順調に進み、結婚を視野に入れた段階に入っていた。ちょうどそのころ月子の結婚問題が佳境に入っていたのだ。月子のおかれた環境とは違っていても、花代にも月子の去就は他人事には済まされない。どうにか家族の反対を押し切った形であったが月子が結婚した。花代にも希望の道が開ける思いだった。月子結婚の半年余り過ぎたころ、花代は結婚の具体化を進める。月子の結婚の時は、事情配慮の上であったから、式は簡素なものだった。それでも月子同様雪乃の仕事のことは承知していたから、式にも披露宴にも招待され、姉としての面目は保たれた。それに対し、花代の時はそうはならなかった。花代の結婚にもすったもんだがあった。大きいとは言えないまでも会社社長の息子。水商売に携わる雪乃の存在が、ここでも家族の反対にあったのだ。月子は結婚し、専業主婦として堅実な生活をしている。問題からは除外されていた。結婚の準備も煮詰まってきたころだった。

「お姉ちゃん、すまないけれど、式と披露宴は遠慮してくれないかしら。あちらの要望なのよ。席は用意するけれど、都合により欠席という形にしないといけないと言われたわ」

花代の言葉に愕然とする。これまで家族のためと、仕事にいそしんできた。花代の言葉が追い打ちをかける。

「お姉ちゃんが私たちのためにバーのママになって生活を支えてくれた。そのことは感謝しているのよ。でもね、お姉ちゃん知ってた？　中学生のころ悪童連から『お前の姉ちゃん、オンリーなんだってな』って、しょっちゅうからかわれていたのよ」

これまで雪乃は横浜という土地柄もあって、外国人のパトロンを持つことに、あまりこだわりを持っていなかったのだが、まだ戦後を引きずっている時代性を少し甘く見ていたのかもしれない。

「私が希望した私立の中学、高校も、成績では絶対落ちるはずがなかったと、今でも思っている。でも結果は不合格だった。お嬢様学校だったもの。考慮の余地ありと判断されても仕方ないわよね。悔し紛れと言われるかもしれないけれど、成績以外の家庭環境調査の結果だと、思わずにはいられなかった。特に小学校から持ち上がりの保護者会の人たちは、自分たちのステータスを守ることと第一だったし、優位性を保つことで子供たちを守っていると思っていただろうし」

声を失って、花代の次の言葉を待つ。

「結婚相手の親族の女性たちのほとんどが、小学校から、あの中学、高校の出身だってことで、私は肩身の狭い思いをしている。さすがに、短大は、保護者会の影響力は薄く、学業優先だったから、合格して入学できたけれど、中学受験不合格だったことは、痛みとして胸深く刻まれている。お姉ちゃんへの感謝の気持ちと半々、恨みがましい思いもあるのよ。ごめんなさい。でもこれは正直な気持ち。お姉ちゃんを傷つけるのを承知で、言わせてもらった……」

花代の目には涙が浮かび、やがてあふれて頬を伝う。途切れるのを恐れたかのように、一気に語った花代。これまで抑えていたものがあふれ出たかのようであった。嗚咽の後に、小さくはあったが、絞り出すように強さのある声で、

「私、あの人と結婚して幸せになりたいの。お願い、そしてごめんなさい」

「分かった。今までそうとも知らず、ごめんなさいね。花ちゃんの幸せが私の一番の願い。式と披露宴欠席は承知したわ。花ちゃん、あなたは自信を持って、あの人のもとに嫁ぎなさい。私は、これからも陰で見守るから。そうならないことを祈るけど、何かあったら、相談してよね」

それだけ言うのがやっとだった。家族のためと精一杯してきたのだが、自分の意のままにはならないのだと臍をかむ思いがした。雪乃のこれまでの生き方に一石を投じる花代の結婚であった。結婚後、花代とは距離を置き、姉妹の縁は薄れていった。

そして、苦い思いを再び味わうことになる。一回りも年の離れた弟雅彦の大学進学を巡り諍いがあった。

「これからは、学歴がものをいう時代になる。学費の心配はしなくていいのだ

料金受取人払郵便

新宿局承認

7552

差出有効期間
2024年1月
31日まで
（切手不要）

郵便はがき

160-8791

141

東京都新宿区新宿1－10－1

(株)文芸社

愛読者カード係 行

ふりがな お名前			明治 大正 昭和 平成 年生 歳	
ふりがな ご住所	□□□-□□□□		性別 男・女	
お電話 番 号	（書籍ご注文の際に必要です）	ご職業		
E-mail				
ご購読雑誌（複数可）		ご購読新聞 新聞		

最近読んでおもしろかった本や今後、とりあげてほしいテーマをお教えください。

ご自分の研究成果や経験、お考え等を出版してみたいというお気持ちはありますか。

ある　ない　内容・テーマ（　　　　　　　　　　　　　　）

現在完成した作品をお持ちですか。

ある　ない　ジャンル・原稿量（　　　　　　　　　　　　　　）

書　名				
お買上 書　店	都道 府県	市区 郡	書店名	書店
			ご購入日	年　　月　　日

本書をどこでお知りになりましたか?

1.書店店頭　2.知人にすすめられて　3.インターネット(サイト名　　　　　　)

4.DMハガキ　5.広告、記事を見て(新聞、雑誌名　　　　　　)

上の質問に関連して、ご購入の決め手となったのは?

1.タイトル　2.著者　3.内容　4.カバーデザイン　5.帯

その他ご自由にお書きください。

(　　　　　　)

本書についてのご意見、ご感想をお聞かせください。

①内容について

②カバー、タイトル、帯について

弊社Webサイトからもご意見、ご感想をお寄せいただけます。

ご協力ありがとうございました。

※お寄せいただいたご意見、ご感想は新聞広告等で匿名にて使わせていただくことがあります。

※お客様の個人情報は、小社からの連絡のみに使用します。社外に提供することは一切ありません。

■書籍のご注文は、お近くの書店または、ブックサービス(0120-29-9625)、セブンネットショッピング(http://7net.omni7.jp/)にお申し込み下さい。

から、進学しなさい」

勧める雪乃の助言を退け、「お姉ちゃんの援助は受けない」と、早々と高卒で自動車会社に就職した。弟はパトロンの存在が疎ましかったのだ。学費云々と言ったせいだろうかと、雪乃は忸怩たる思いでそのことを受け止めざるをえなかった。しかし雅彦の一時の潔癖さは、雪乃の予想した通り、後々、高卒の悲哀を噛みしめることになる。

妹たちの結婚や弟の就職といったごたごたの騒ぎがあったころ、雪乃自身にも大きな転機が訪れる。エリオットの妻の病状が悪化し、エリオットは急きょアメリカ帰国となった。これまでも休暇の度に、帰国はしていたのだが、本国にいる妻との関係を切るほどの悪人にはなりきれない、優しさのある男とは分かっていた。エリオットは、再び戻ることがないだろうと、店と、一緒に暮らしていたアパートの権利すべてを雪乃に譲渡して去っていった。エリオットとの関係も、店を出したころとはかなり変わっていたのも事実だった。戦後の復興期を越え、経済も高度成長期を迎え、エリオットの持つ影響力も影が差《さ》していた。むしろこのところは、妹弟の関係からも、エリオットの存在が、重荷にさえなっていた。もとより彼との関わりは愛情から出発したわけではない。あえていうなら、その経済力をあてにした形から始まっているのだ。雪乃は既に独り立ちする力も備えていたから、影響力の薄くなった後ろ盾を失うことに、惑いも後悔も未練もなかった。

弟雅彦の結婚も、すんなりと事は運ばなかった。雅彦は父親譲りの、中高なノーブルな顔立ち。背も高く社内でも女性の噂に立つ存在であったが、家庭の事情を知られると、いつしか輪はほぐれ、一人取り残されることになる。縁が結ばれることなく通り過ぎ、雅彦の結婚は、三十を過ぎて、父方の遠縁の娘に落ち着いた。娘の両親は、父の借金にもかかわったこともあり、娘の結婚にあまりいい顔を見せなかった。縁あって、再会した後、幼いころからお互い憎からず思っていたこともあり、障害を乗り切り、絆は深まった。最終的には親が折れた。ありがたいことに、母鈴との同居も娘は快く引きうけてくれた。雪乃の陰からの経済的援助は、これまで通り引き継がれた。

夜の世界に踏み入って二十年余り、不惑の年を迎え、円熟味を増す雪乃に言い寄る男も多かったが、エリオット去り行き後は、パトロンと呼ぶ男の存在はないままに過ぎた。

「さくら」から流れて和田山が店に来た。

「由紀ちゃん、藤木さん覚えてる。どうしても由紀ちゃんの店を見てみたいっておっしゃるんで、お連れしましたよ」

「まあ、藤木様、覚えていてくださったんですか。ありがとうございます。どうぞごゆっくりお過ごしくださいませ」

「さくら」で出会った時と同様、藤木は今夜も着物姿であった。店内をぐるりと見渡し、雪乃へ射すくめるような鋭い視線。我が意を得たりと思ったのか、満足げにうなずきひとつ。その後は、連れ立った和田山と共に雪乃との会話を楽しんでいた。

程なく藤木から和田山と共に、湯河原の藤木の別荘に招待された。着物を着てくるようにというリクエスト付きであった。

奥湯河原、名を同じくする藤木川の支流。温泉地らしく湯気の立つ掘割を思わす小川が流れている。小川に架けられている小さな橋を渡ると、山茶花の生け垣に囲まれた、藤木の別荘がある。表札には「紅葉亭」とだけ書かれている。藤木は既に現役を退いていたが、経済界の陰のドンとして君臨していた。ここ「紅葉亭」は、知る人ぞ知る、会合の裏舞台の場であった。来客の際は、近所に住む別荘番の妻が接待をする。

藤木が和服姿で出迎えに立っていた。雪乃は秋の七草模様をあしらった加賀友禅の訪問着。夜の店での着物とは一味違った優雅さが漂うものであった。母屋から離れた別棟の茶室に案内すると、藤木自ら亭主となって茶を点てた。雪乃の茶の所作を見届けると、

「店を閉じて、我が身近くにいてはくれないだろうか。時折尋ねてくる客の接待役を貴女にお願いしたいのだが」

突然の申し出ではあったが、不思議と理不尽な申し出とは思わず、その意がストンと腑に落ち、すぐさま素直に、

「はい、私で良ければ」と答えていた。

家を支えるため夜の世界で働いた。妹たち、弟も独立して生活している。家の柱としての雪乃の存在は終わった。かえってその存在が、足を引っ張ることにもなる。ここが潮時と思っていた。

藤木の言葉を受け入れ店を閉じ、年老いた別荘番の妻の役割を引き継いだ。初めのうちは、客のある時だけ、磯子の自宅から通っていたが、頻繁に会合がもたれるので、ほどなく別荘に移り住むことになった。

「妻の座と子供を与えることはできないが、それ以外のことは、雪乃の願うことは何でもかなえてあげる。何が望みか言ってごらん」と藤木が言う。

「お言葉に甘えて、途絶していたお稽古事をさせていただいてよろしいでしょうか」

「雪乃のしたいことをすればいい。そのためなら、ここでも、あるいは東京、鎌倉、横浜何処へでも行って、存分に学びなさい。何を学ぶかわからないが、もし私の力が必要なら、知り合いにも頼めるし、遠慮せずに言いなさい」

雪乃はこれまでの渇きを癒すかのように、子供のころ習っていた華道、茶道をはじめ、香道にも取り組む。とりわけ、墨の匂いに心惹かれて、書道、水墨画の習い事は生涯精進の道となった。それらは時折別荘で開かれる会合のもてなしに、充分役割を果たすことになる。

これまで会合のもてなしの役割を担っていた別荘番の妻、民子は、もともと藤木の本宅にいた奥様付きのお手伝い頭だった。その采配ぶりを買われて、別荘の管理を任された。時折出入りする庭師の男と心通わせ、藤木の計らいもあって所帯を持ち、別荘近くに居を構えた。五十を過ぎた晩婚であったが、仲睦まじく、互いの役割をはたしていた。雪乃の登場に、初めは胡散臭げに見ていた民子だったが、なぜ藤木が雪乃を連れてきたのか、その働きぶり動きを見て、次第に雪乃を認めていく。民子の接待の仕方は本家仕込み。特に、会食に出される料理は、店を出せるぐらいの腕前であった。それらを惜しげもなく雪乃に伝授してゆく。

「雪乃さん、ここでのことはすべて『見ざる言わざる聞かざる』の三猿に徹するのよ」

と、この別荘の裏舞台の在り方をも伝える。雪乃も承知して会合のメンバーや、内容など、知りえたとしても口外はしない。後で、新聞などに掲載された記事で、「ああ、あれがあの時の…」と気づくこともあった。

ある夜、打ち合わせ会談のため、関西の経済界人の客が訪れる。玄関で出迎えた客の後ろに、鞄持ちの男が連れ立っていた。

「雪乃、ご案内して」

藤木がいつになく名前を口にしたのは偶然なのだろうか。

「どうぞこちらへ」の声が一瞬止まった。

連れ立つ男は、初恋の男、一条直哉だった。直哉は名前を呼ばれなかったら、あの雪乃だと気づいただろうか。お互い見開いた眼を交わす。驚きと、懐かしさの瞳の後、直哉の目に宿る複雑な瞳の色が、雪乃の胸を打った。動悸が止まらない。会談後の酒肴を出す時、手の震えを、藤木に感づかれないようにと願った。

客が帰った後、珍しく藤木が雪乃に絡む。

「さっきの男は、訳ありかい？」

やはり気づかれていた。

「社長秘書として将来を期待されている立場の男のようだが」

「若いころ縁あるかたでした。お目にかかるのは、二十年ぶりくらいになるでしょうか」

雪乃は隠さず正直に言った。

藤木のそば近くで接し、また、民子からの話などを継ぎ合わせた藤木像がある。

藤木、旧姓、村田高志は貧農の出。幼い時より学問に秀でていた。高志の父親が、自身の望みを叶えられなかったためもあるが、才を認めていたので、学業に勤しむことを勧める。その傑出した才を認めた、村の篤志家が、経済的援助をし、高志に中学進学の道を開いてくれた。中学から、一高、東大へと道は次々と開かれ、藤木の一人娘の家庭教師をするとともに、藤木家の書生として住み込むことになった。やがて、婿養子として藤木家を継ぐことになる。社会的地位を得、活躍するも、故郷の篤志家に対する恩情を忘れることはなかった。それを象徴するように、故郷に篤志家の名を冠とする奨学金制度を創設したことが挙げられる。その一方、貧乏を笑いものにしたものには、どんなに求められても、手を貸すことはなかったし、冷たく見捨てることもやぶさかではなかった。

言葉の接ぎ穂にしばしの時が空いた。そのほんの短かな時間に藤木の人となりを思いおこしていたのだった。

「お願いがあります。あなたの力をもってすれば、あの方を、引き上げることも、つぶすこともできますわね」

藤木が次の言葉を待っている。

「どうか、私との関わりでつぶすことだけはお許しください。あの方への想いなどさらさらありませんが、自惚れ承知で言わせてもらえば、私のために、あの方が惨めな状態に落ちるのだけは見たくありません」

「雪乃の頼みとあれば聞いてやらねばならないな。私も嫉妬に駆られておとしめるといった行動は、したくはない」

今後の展開は予想することもできない。藤木の言葉を信じることだけが許される。

「そうそう、あの男の情報を提供しよう。彼は社長の娘と結婚して、二人の子供にも恵まれているそうだよ」

情報提供という名を借りた最後の言葉は、藤木の思わず溢れた、抑えた感情の切れ端だったかもしれない。

再会後、再び直哉の姿を目にすることはなかった。悪いうわさも届かない。雪乃には、それだけでよかった。

☆　☆　☆

静かな落ち着いた暮らしが続く。雪乃と月子はつかず離れずの関係で続いている。雪乃が店を閉じ、別荘を任されると、雪乃は、瑠璃や、瑠璃と三歳違いの雄太を、夏休みに、湯河原の別荘に誘った。雄太にとっては自然がいっぱいの別荘地は、絶好の遊び場。虫取りに夢中になっている息子の姿を、ゆったりと見ている月子とおしゃべりするのを毎年楽しみにしていた。そのおしゃべりの中で、疎遠になっている花代の動静を知る。花代は結婚後、二人の子供にも恵まれ、順風満帆の生活を送っていた。元準ミス横浜のセレブ妻という見出しで週刊誌のグラビアを飾ったこともあった。近年、建設業界の不況のあおりを食って、花代の夫の会社が資金繰りに苦しんでいるとの情報が、月子からもたらされた。雪乃は会社立て直しに藤木の力を借りた。どうやら持ち直したが、雪乃の尽力は秘せられたままであったから、花代は知らずにいたに違いない。

月子の娘、瑠璃が十七歳になった年のこと。この年、自分の出生の秘密を知って、反抗的になったと、月子から相談を受けていた。雄太も子供時代は過ぎ、部活に忙しい。夏休みの別荘行きが楽しみの年齢は過ぎている。夏休み一杯、瑠璃だけ一人、別荘に預かることに何の障りもない。瑠璃は来たばかりの時は何もしゃべらず、雪乃もなにも聞かずにそっとしておいた。しばらくすると、瑠璃の方から、ポツリポツリと話し始める。

「お母さんが汚く思えてどうしようもないのよ」

「どうしてそう思うの？」

「だって、ずっとお父さんだと思っていたのにそうじゃないって知って……」

「いつそうだと分かったの」

「はっきり分かったのは戸籍抄本を見る機会があった今年の四月。でも、なんとなく周りの人たち、伯父さんとか伯母さんとか、お祖父ちゃん、お祖母ちゃんたちの様子が、雄太とは違うなって、薄々感じていた気がするわ。でもお父さんを疑ったことはなかったのよ。雄太と私を差別することなかったし、私は本当にお父さんが大好きだもの」

「そうよね。とても立派なお父さん。何があっても、いつでも、あなたと、お母さんを守り通した人よ」

「だからお母さんが余計に許せないし、汚く思える」

「どうしてそう思うのかなあ。お母さんも、あなたをどんなに深く愛し、守ってきたことか……。ほんとはあなたも分かっているのよね」

肩の震えが止まらない。涙の顔で瑠璃が声を振り絞る。

「私、お母さんに聞いたの。本当のお父さんはどんな人、どこの誰って。でも教えてくれなかった。言えないってことは、どこの誰ともわからない男の子供なのか、って思うと、どうしても、お母さんを許せない……」

食いしばる歯から嗚咽が漏れる。瑠璃の心の葛藤をそこに見た。

「瑠璃ちゃん、よーく聞いて。お母さんは決して汚くはない。純粋にあなたの本当のお父さんを好きになった。そして初めての人だったのよ。事情があって別れねばならなかった」

「雪乃おば様は、私の本当のお父さんのこと知ってるの？」

「知っていたわ。あなたにはつらいことになるけれど、多分その人は、あなたの存在を知らない。知る前に去っていかねばならなかったから。それに、別れてすぐに、ドライブ中に事故で亡くなったって聞いているわ。周りは父無し子を産むことに反対もした。でもお母さんは、一度もあなたを産むことに迷いがなかったのよ。そうして生まれた子なのよ。お母さんにとって、あなたは得難い宝物なの。だから宝物を意味する瑠璃という名を、私が付けた。瑠璃はお母さんだけの子。周りの反対を押し切って、瑠璃を娘として育ててくれた今のお父さんが、本当のお父さん。血のつながりなんかじゃない。それでいいじゃないの。誰が見ても今は、本当の父娘だもの」

瑠璃にはわからないところで、雪乃は小さな嘘をついた。真実を告げることが必ずしも幸せには繋がらないのだから、ついた嘘は許されるはずだ。

蝉しぐれが一時止んだような静けさがあった。瑠璃の嗚咽が静まっていく。元々素直で優しい子なのだ。自然に囲まれた別荘で過ごすうちに、混乱した気持ちも収まっていった。ひと夏ではあったが、雪乃は娘と暮らしているような気分を味わった。あの時、「堕ろせ」と言った自分を心から恥じていた。

八年余りの時が過ぎ、藤木が八十歳を前に亡くなる。雪乃は大々的に行なわれた通夜葬儀には密やかに一般客として参列した。喪主席に座る、凛としてはいるが温もりを感じさせせない藤木の妻の姿を、焼香しながら遠くから見つめた。

藤木の遺言書を持って、弁護士と、藤木の妻と息子が同道した。藤木の妻は、喪服を思わすような薄墨色の着物姿であった。

「あなたが雪乃さん」

「はい、長い間お世話になっておりました」

「藤木の妻の冴子と申します。あなた宛ての藤木の遺言書の開封に私も立ち会わせていただきます」

雪乃は、別荘から引き払えという沙汰が下りても、異議は唱えないつもりで、それなりの身辺整理と心づもりをしていた。

雪乃への遺言は、これまでの別荘での会合の仕事ぶりへの感謝の言葉の添え書きとともに、この別荘を雪乃名義とするというものであった。

藤木の妻の言葉を待った。

「あなたのことはお民さんから聞いていました、ずっと以前から一度お目にかかりたいと思っていましたのよ」

思いもかけない言葉だった。それまでの切り口上の言葉からは想像もできない。強張っていた体が少しほぐれた。

「藤木は、艶福家でね。これまで何人もの女の人がいたわ。あなたはそれまでの人とは一味違う人のようだった。それまでの女の人たちは、若さと女を武器に、何かというと、やれマンションだ、ブランドの靴やバッグだ、宝石だって、物をねだることが多かった。あのひとの女の趣味を疑ったものだわ。でもあなたが、藤木にねだったのは、習い事だったそうね。七十を超してからの女の人だから、色恋沙汰だけではないとは思っていたけれど、修養を積むことを選んだあなたに、とても興味があった。お民さんの話からも、藤木の仕事の陰の支えになって充分尽くしてくださったことを知っています」

「とんでもございません。本当にお役に立てたかどうか」

「ここを譲り渡すという遺言書は、藤木の心からの思いだと受け取れます。無理やりあなたが書かせたものでないことは分かっています」

　冴子は、弁護士と息子を一足先に帰らせ、

「雪乃さん、あなたと少しお話ししたいのですが、よろしいかしら。葉山の森戸海岸にある別荘には何度も足を運んだのに、この湯河原の別荘は初めてですのよ」

「そうでしたか。それでは、お茶室の方にご案内いたします」

　別棟の茶室に向かう庭は、折しも紅葉真っ盛りであった。

「わたくし海が好きなの。虫が苦手で、野山をずっと敬遠していたのです。ですから、ここ湯河原に興味は全くありませんでした。でも今日来てみて、こんなに素晴らしいお庭だったなんて。食わず嫌いみたいなものだったわね。ほんと勿体なかったわ」

　茶室には釜がかけられ、微かな音を立てて客をもてなす用意が整えられていた。雪乃の緩やかな所作でお茶が点てられた。品の良い甘さの主菓子、茶碗の中のお茶の点て姿も美しかった。

「結構なお点前でした」

　冴子が一呼吸おいて、

「気づかれてしまったかしら？」

「何のことでしょうか」

「わたくし、とても意地悪な気持ちであなたのお点前を見ていましたのよ。正直に申し上げますね。バーのママをしていたと聞いていましたから、どうせ付け焼刃の類のものだろうと思っていましたの。わたくしの方がいやらしいですわね。でも違った。お点前にはその人の人柄が出てしまうもの。なぜ、藤木があなたを選び、ここに住まわせたのか、ようくわかりました」

「お褒めのお言葉と受け取ってよろしいのでしょうか」

「ええ、勿論ですとも。あなたとはもっと早く出会いたかったわ。これからもちょくちょく、ここに伺ってもよろしいかしら」

「是非、お越しくださいませ。今回はご用意できませんでしたが、次回はお食事をご一緒に、お話をたくさんお聞かせくださいませ」

藤木の妻とこのような会話ができるとは思ってもみないことであった。

別荘は雪乃のものになった。「紅葉亭」の名を冠するだけあって、沢山の種類と数のモミジに囲まれた別荘は、四季折々の姿を楽しませてくれる。

芽吹きの新緑に彩られる庭に冴子を招待する。

「わたくしとても楽しみに参りましたの。それにしても、紅葉のモミジも素晴らしかったけれど、新緑のモミジがこんなにも心洗う景色になるとは思いもよらぬことでした。お招き心から感謝いたします」

出入りの魚屋からは、朝取りの地魚、農家からは新鮮な山野菜が届けられ、雪乃が手間を惜しまず調理したもの。民子に仕込まれた料理は、料亭が出す昼会席に匹敵する料理の数々。盛り付けも姿が美しい。冴子を充分に堪能させた。

「今日はお庭やお料理も楽しみにしていましたけれど、あなたとお話ししたくて参りましたのよ。さあ、席についてご一緒に」

「ありがたいお言葉。では何からお話しいたしましょうか」

「わたくしね、一人っ子でしたでしょ、こうして女同士で気兼ねなくおしゃべりするのに憧れていましたの。年甲斐もなくって笑われそうですけど」

「奥様なら、姉妹は別として、たくさんの女友達に囲まれていらしたでしょうに」

「そうね、それなりのお付き合いのお友達はいました。でも、どの方とも、薄いけれど壁があるというか、距離感がありました。本音で語り合うということがなかったように思います。それはわたくしの、弱みや、駄目なところを見せたくないというプライドのせいかもしれませんわね」

一瞬、葬儀で見せた背筋をぴんと伸ばした冴子の姿になった。すぐに、笑顔に戻った。

「このプライドの高さがいけなかったのね。藤木はね、何人もいた書生の中のひとりだったのよ。父の眼鏡に適ったぐらいとびぬけて秀才だった。しかもあの姿形でしょ。わたくしの婿にと推薦されたとき、跳びあがるほど嬉しかった。なのに、わたくしったら、嫌々父の命令に従ったような素振りしか見せなかったのよ。それでもわたくしなりに、藤木にふさわしい人になろうって、女子大に行って勉学に励んだの。でも今から考えると、それって、わたくしの勝手な思い込みだったかもしれないわね」

　思いもかけない冴子の素直な語りに、雪乃はただ聞き入る。

「わたくしと藤木は八歳も年が離れていました。藤木はそれでなくても、わたくしを、昔で言えば、お殿様からの拝領物のように思っていたのだと思うし、我儘なお姫様として扱うしかなかったのかもしれません。いつだってわたくしには一歩下がった態度でした。肩を並べたつもりでいられるようで、嫌でしたでしょうね」

　藤色の着物に銀髪が映える。目尻の皺は隠しようもないが、古希を過ぎた姿とは思えない。どこかあどけなさを隠し持っているようにさえ思える。

「それに、名前からして、冴子だなんて、ツンケン寒々もんよね。そうそう、そんなわたくしですが、これから、奥さまと呼ぶのをやめて名前で呼んでいただけないかしら。当の昔に息子たちが自立して『…のお母さん』から離れ、藤木が亡くなって、『…の妻』もお役御免ですもの。『の』の生活はこれでおしまいよ」

ふ、ふ、ふと笑って一息入れると、溢れる思いに駆り立てられるように再び語りだした。

「わたくしの中に、書生上がりの入り婿、という不遜な気持ちがあったのでしょうね。本当は、好きで大好きでたまらなかったのに。素直に言えない、頑なな女でした。藤木の気持ちがよそに向くのも分からないではないわ。父が亡くなって重しが取れて、息子二人も授かって、婿の役割は果たしたとでも思ったのでしょうか。それまでは本当に謹厳実直を地で行く人だったのよ。浮気の素振りが見えた時でさえ、わたくしは、『妻の座は譲りません。外に子供だけは作らないでください。それを守れるなら、浮気でも何なりとお好きなように』って言ったのよ。可愛くないわよね。こんがり位なら、やきもちを焼く気持ちを持っている方が、男の人のプライドも保たれるものなのに」

藤木の年齢的なものからの発言とばかり思っていたのだが、あの時、藤木が釘を刺したあの言葉は、妻の冴子の意向でもあったのだと知った。

　冴子と雪乃とは、二回りも年が離れている。妻と対峙しているこの自分は、冴子にはどのように映っているのだろうか。その心を見透かしたように、

「わたくしたち、世間的には、妻と愛人という括りになるのかしら。でもね、この前にお話ししたかもしれないけれど、雪乃さんには愛人というイメージで見ることができないの。誤解されるのを承知で言うのだけれど、あなたを娘のように思うのよ」

「とんでもない、娘のようにだなんて……。奥様には、いえ、冴子さんには、ごめんなさい、直ぐには慣れないもので、なんかお名前で呼ぶのは、憚れます」

「御遠慮なさらずに、わたくしが望んでそうして欲しいと言っているのですから」

「では、ご無礼ながら。えーっと、冴子さんには、二人のご立派な息子さんもおられますのに、私のようなものをそんな風に思っていただけるなんて」

「その調子よ。あのね、息子は駄目よ。女の愚痴や、たわいない話を聞く耳を

持たないもの。それに、心優しい息子に育て上げてしまったわ。それ自体は悪いことじゃない。でもね、優しさは、結婚して所帯を持てば、母親から嫁や家族に移行するもの。それが穏やかな関係を保つ、あるべき姿とはわかっているの。それは仕方のないことよ。でも正直、空しさが漂うのよ……」

子を持たない雪乃には、垣間見せた冴子の母の姿に言葉のかけようもない。

「あら、あら、わたくしったら、とんだ愚痴を。でもどういうわけか、あなたには本音でものが言えるの。藤木のことを手放しで褒めることも、藤木を知るあなたになら言える。こんなふうに、藤木に、もっと最初から心開いていたなら、別な生き方もあったのにね。凜として立派な妻を生きるより、ふんわり包み込むような、時にはすねたり甘えたりする、可愛い女の生き方もあったのだわ」

冴子はそれから、雪乃の誘いを心待ちするようになる。四季の移り変わりの度に、奥湯河原の別荘を泊まりがけで訪れるようになった。別荘には、大きな窓越しに庭を眺めながら入れる、ゆったりとした浴室がある。藤木が愛した、自然味を配した岩風呂。お湯は温泉を引いてある。

「わたくしね、人と入るお風呂が好きでなかったの。でも、この間、ここのお風呂に入ったとき、独り占めするのは勿体ない気がしたのよ。『なんて、肌に優しい、透明の滑らかなお湯なんでしょう』とか、『お庭を眺めながら入るお風呂は最高ね』なんて言いながら入ったらもっと楽しいかしらって。雪乃さん、ご一緒してくださる。これが本当の裸のお付き合いっていうのかしらね、ふ、ふ、ふ」

朝食を食べている時だった。冴子が突然雪乃に提案する。

「わたくしだけが、こんないい思いするのは勿体ないわ」

「冴子さん、一度言おうと思っていたのです。お気づきになっていないかもしれませんが、『勿体ない』って口癖なんですね」

「あらそうでしたかしら。でもね、本音よ。こんなにおいしいお食事と、温泉。そして、お庭。わたくしだけじゃなく、ほかの方にもおもてなしして下されればいいのに。是非、そうなさいな。わたくしがお客様を紹介してもいいわ」

冴子の言葉を受けて、業としてではなく、時折、朝夕食付一泊の客を受け入れることになった。月に、一度か二度、一組限り。完全予約制で、料金は、お客様の御心次第というものであった。

冴子は、雪乃といるときは、無防備な童女のように振る舞う。その一つの表れに、冴子は夫を恋うる気持ちを素直に、短歌に詠んでいた。雪乃のもとに訪れる時、何十首もたまった作品を、雪乃に見てもらうのも楽しみにしていたのだ。雪乃はその中で自分なりに気に入った歌を選び、色紙に歌を筆書きし、絵を添えて、冴子に贈った。

「まあなんて素敵なんでしょ。雪乃さんはこの歌が好きだったのね。この添えられた墨絵がまた素敵。私の駄作が、俄然映えるわ」

「拙い書と水墨画、そんなに褒めてもらえると、こちらの方が恐縮いたします」

「ねえ雪乃さん、ここででも、東京でもいいわ、今すぐとは言わないけれど、いつかきっと、作品展開きましょうよ。このまま埋もれさせるのは勿体ないわ」

藤木が亡くなった後、思っていた以上の喪失感を埋めたのは、思いを綴る詩を書にし、さらに、水墨で絵を添える水墨詩画であった。そこに冴子の短歌が加わった。

客を迎える日には、応接間に水墨詩画を飾る。訪れる客の中には、この色紙を欲しいという人もいて、その後、色紙や、絵葉書用の詩画を置くコーナーもしつらえた。

月子の娘瑠璃は、芸術大学のデザイン科を卒業し、中西の会社のインテリア関連で、東京郊外にある画廊に勤めていた。勤めて二年目、初めて、三日限りではあったが、画廊でのイベント企画を任されることになった。瑠璃にはある思惑があった。早速湯河原の雪乃を訪れた。

「雪乃おば様、今日はお願いがあって伺いました。私におば様の水墨詩画の個展を開かせてもらえませんか。初めて任された企画には、絶対おば様の作品展をと、ずっと以前から思っていたんです」

「まあ、瑠璃ちゃん。私のような素人のものなんかでいいの？」

「いえ、是非ともおば様の作品でと思っています。皆様におば様の作品を見てほしいし、知っていただきたいのです」

「ありがたいお話ね。じゃあ、私もお願いしていいかしら。私の個展ではなく、藤木冴子さんの短歌を作品にしたものと、二人展にしたいのだけれど。ちょうど、藤木さんの喜寿の祝いとも重なるし」

「ああ、それっていいです。考えもつかなかったですけど、藤木さんのお許しが得られれば、是非とも二人展という企画で行きたいです。藤木さんへのご了解は、おば様にお願いしてよろしいですか」

「もちろんですとも、さあ、忙しくなるわね。早速冴子さんに作品の選び出しをお願いして、書と画を仕上げなくては」

　こうして、黄葉鮮やかな欅の木に囲まれた画廊での二人展が開かれた。水墨詩画という聞きなれない展覧会、都市部を離れた小さな画廊であったが、湯河原の泊まり客の口コミなどの功も奏して、思いのほか来客が多く訪れ、成功の裡に終わった。この成功に気をよくしたのか、冴子が歌集を出版するという。自費出版された歌集は評判がよく、刷られた数百部は、あっというまに手元を離れた。雪乃の書画への注文も少なからず舞い込むことになった。

傘寿を迎えようとしていた矢先、冴子が病に伏した。藤木の時は自宅で倒れてそのまま病院に運ばれ、一週間足らずで亡くなった。雪乃は、看病は勿論のこと、見舞いにさえ行くことが許されなかった。冴子は、息子やその妻子たちでなく、雪乃を病室に度々呼んだ。小さな声で雪乃につぶやく。

「こんなに弱ったやつれた姿をあの子たちには見せたくないの。いやね、わたくしったら、最後までプライド捨てられないのよ。気丈な凛とした母親でいたいの」

「そんな、最後までなんておっしゃらないでください」

「藤木が亡くなってこの数年、雪乃さんに出会って、本当に素敵な時間を過ごすことができたわ。藤木がわたくしに残してくれた最大の贈り物は、雪乃さんだったのだと思う」

「……。勿体ないお言葉です」

「あら、あら、わたくしの口癖が移ってしまったかしら」

途切れ途切れで長い時間かけて、柔らかな笑顔とともに、雪乃とかわす最後の会話となった。数日後、冴子は穏やかにあの世に旅立っていった。

しばらくして、雪乃のもとに形見分けとして数多くのものが届けられた。着物をはじめとする和装品のほとんど。その中には珊瑚や翡翠の高価な帯留め、鼈甲の髪飾りなども含まれている。加えて、書き留めていた千首を超える短歌も届けられた。

毎日着替えても着きれない着物を、ほどいて、和装小物に作り替える。書詩画の色紙とともに、それらを置くと、それもまた評判を呼び、いつの間にか捌けていた。

冴子との交流により、老いを迎える年齢になってから、生きがいを見出すものに出会えた。別荘にお客様を迎えておもてなしする。冴子の短歌を一首一首、書詩画の作品に仕上げていくのはライフワークとなっている。冴子が残した言葉にあったように、藤木の贈り物、それは冴子にとっての雪乃であり、雪乃にとっての冴子の存在だった。

「紅葉亭」に移り住んで二十年近くなる。雪乃は還暦を迎えていた。久しぶりに来訪した月子と共に新緑の庭を眺めながら会話していた。

「月ちゃん、ちょっと痩せたんじゃない？」

「そうね、瑠璃の結婚が決まって、何かとバタバタしてたから、疲れが出たのかもしれないわね」

「瑠璃ちゃん良かったわね。美大の講師ですって？」

「そうなの。画廊で知り合ったのだそうだけど、いつの間にそんなことになったのか、私はちっとも知らなかった。でもとってもいい方でね。大学院時代に相次いでご両親を亡くされたそうなの。兄弟もない一人っ子だそうだし。こう言っては申し訳ないけど、瑠璃の出自をとやかく言う人がいないことも、有難く、安心したわ。それに、川西や雄太とも馬が合うのが何よりうれしいわ」

お昼ご飯をゆっくりとって、テレビのニュース番組を何気なく見ていた。画面にこの日のトップニュースに、食品会社の不正発覚が取り挙げられていた。画面には、三人のトップが、揃いもそろって、「申し訳ありませんでした」と薄くなった頭を下げている。よく見慣れた光景だった。賞味期限や、産地の不正表示。決まり文句のお詫び会見を呆れ顔で見ていた。その中にあの男が映っているのに気づいた。

「あらっ、相変わらず不誠実な言い訳だこと。三つ子の魂は変わらないものね」

　と月子が小さくつぶやいた。

「瑠璃にあの男が父親だったと気づかせないで済んで、本当によかったわ」

「私は、父親は生まれる前に亡くなったと嘘をついたわ。秘密の共犯者だわね」

「あの時は迷惑をかけたわね。でも助かったわ。あれ以来、瑠璃は私に対しても優しいまなざしが戻ったし、二度と父親のことを問うこともなくなったもの」

「そうよ、川西さんが瑠璃の本当の父親だわよ」

「そうね、改めてそう思ったわ。あのひとには本当に感謝している」

瑠璃の実の父親に対する淡々とした見解は、他人のそれよりもさらに冷たいものであった。

走り梅雨のけぶるような霧雨の中、瑠璃が婚約者の海野恒を伴って雪乃のもとに紹介がてら挨拶に来た。近々の吉日をもって入籍し、披露宴は九月の予定であると、幸せそうに語っていった。

数週間後、月子から電話が入った。取り乱していて、初めは何を言っているのかわからないくらいだった。

「月ちゃん、落ち着いて、どうしたの」

「瑠璃の、瑠璃の夫の海野さんが、交通事故で亡くなったって。ニュースで流れてる……」

急いでテレビをつけると、高速道路で十数台の玉突き事故があったと繰り返し告げている。判明している被害者の氏名がテロップで表示されていた。その中に海野恒（三十八歳）があった。

「間違いではないの」

「そうだったらどんなにいいか……」

震える声が一瞬止まって、言葉が継がれた。

「雪姉ちゃん、罰が当たったのかしら。私が、あの男のことを、瑠璃の父親と知られずにすんで良かったただなんてないがしろにしたから……」

「そんなことないわよ、あなたの所為じゃないから」

そう言いながら、雪乃は、瑠璃に実の父親が交通事故で亡くなったと嘘をついたことを思い出し、月子の思いと相和して総毛だっていた。

係累がないこともあり、瑠璃の夫の葬儀は川西家が取り仕切ることになった。憔悴しきった瑠璃を弟の雄太がしっかりと支えていた。その脇で、瑠璃より細くなった月子の姿を見て、雪乃は不安を募らせていた。

四十九日の法要、新盆と続く。そのたびごとに月子が細くなっていくのが気がかりだった。一段落した八月の末、月子から自宅に来てほしいという呼び出しがあった。これまで月子との付き合いは、月子が湯河原に出向く形のものであった。雪乃も、川西との結婚のいきさつからも、月子宅への出入りは遠慮していたから、自宅へ来て欲しいというのは珍しかった。まだ夏の名残が色濃く、日傘で日差しをよける。山手の高台の住宅街の一角。ツタが絡まる石塀に囲まれ、洋風な建物。またひと回り小さくなった月子に案内されたリビングには、お茶のセットが用意されていた。

「暑い中呼び出してごめんなさいね。湯河原まで出かけるのは、ちょっとしんどくてね。我儘言わせてもらったわ」

お茶を注ぐ指の細さと、話す声のか細さが、雪乃の不安をかきたてる。アールグレイの香りがたつ。月子はそのままソファーに深々と腰を下ろし身をゆだねた。

「今日はね、雪姉ちゃんにお願いしたいことがあって……」

「何でも言って。私でできることなら、どんなことでもきいてあげる」

「ありがとう。何から話そうかしら。そうね、やっぱり、私の体調から話さないとね」

切り出される前から悪い予感が先走る。

「私、もう長く生きられないいんだって。もってあと半年、って言われちゃった」

「どういうこと、なんで？」

「末期のすい臓癌なんだって。手術もできない、転移もあるそうだし」

「なんでそうなるまで……」

「そうよね。もともと見つけづらい場所にあるものだし、何やかや忙しさに取り紛れて、検査に行ったときは手遅れだった。でも、もうそれは仕方ないことだと諦めはついてるの。だから、いまは、残された時間にできることを考えなければ、しなければと思っているの」

雪乃は言葉を失って、ただ月子の次の言葉を見守ることしかできなかった。

「瑠璃のことなの」

「瑠璃ちゃんのこと。そうよね、海野さん亡くなったばかりだし」

「それに、瑠璃のお腹に海野さんの忘れ形見がいるって、昨日の検診で分かったのよ」

「赤ちゃんが……」

なんというめぐりあわせなのだろう。父を知らずに生まれてきた瑠璃が、また同じ運命をたどる子を身ごもっているとは。ただ瑠璃と違うのは、入籍していたので、父親がわかっていることだ。シングルマザーになることだけは変わらない。

「瑠璃が私と同じようになるなんて思ってもみなかったわ。分かった時点ですぐに、お腹の子は自分で育てるって言ったわ。私がそれを止められはしないわよねえ」

あの時の境遇とは違っても、授かった命を仇や疎かにはしない決意は同じものだ。

「そこで雪姉ちゃんにお願いになるのだけれど。私は、瑠璃の初孫を見ることはかなわないと思われるし……。雪姉ちゃんにしか頼ることができないのよ」

「そんな……」

「気休めは言ってほしくないの。現実は時を待ってくれないのよ、だからお願い。瑠璃を頼むわ」

言葉が出ない。慰めなどいらないと月子の目が訴えている。声を消して頷いた。

「これから忙しくなるわ。私、治療は痛み止めだけにしてもらったのよ。動ける時間はフル稼働するつもりよ」

雪乃の想像を超えた月子の強さを見た。

月子から頼まれたこともあり、雪乃は「紅葉亭」の広大な敷地内の裏庭に、母屋から渡り廊下で繋ぐ離れをすぐさま増築に取り掛かった。趣を壊さない程度に外観は和風に、内装は、床張り、ベッド生活の洋風にしつらえて、瑠璃親子の独立生活空間を作って、待ち受けることにした。

月子の告知から三ヶ月余りの十一月末、月子の命の火が消えた。

通夜の席には、それとわかるお腹の膨らみを喪服に包んだ瑠璃の姿があった。

そして思いもかけず、花代が雪乃のそばに来た。これまでも、雅彦の結婚式や、母鈴の葬儀の時も、顔を合わせるが、適度の距離感を持っていたのだ。それが、雪乃が呼んだわけではないのに花代自らが雪乃のそばに近寄って来た。喪服の花代は、結婚前の体型をそのままに、モデルのような美しさを保っている。久しぶりに間近に見る花代は、さすがに年齢は重ねている。その顔は、涙にぬれていた。

「雪姉さん……」

そう言ったきりしばらく言葉が出ない。

「月姉さんから、手紙をもらったの。その中にもう一通同封されていた」

雪乃は花代の次の言葉を待つ。

「もし私に何かあったら、小さい封筒を開けてねって書いてあったのよ。私、こんなに早く亡くなるなんて思ってもみなかった」

しばらく嗚咽で言葉にならない。

「小さい封筒の中の手紙には、遺言と書いてあった。『ずっと内緒にしてくれって言われていたけれど、私が亡くなれば時効になるから』って、『あの、会社危急存亡のときを救ったのは、雪姉さんの力添えがあったから』だって。

『あなたの思いも、立場も私なりに理解しているけれど、これから先は、心の氷を溶かして春を迎えてほしい、姉妹仲良くして欲しい』って。『それが、私の望みだから』って、書かれてあったのよ」

　これまでも、月子がいつも姉妹の細い絆を繋ぎ止めてくれていたのだ。

「私も考えなかったわけじゃない。私の結婚のとき、縁切り宣言のように言ってしまった手前、なかなかねじれた糸をほぐすことができないでいたのよ」

「花代ちゃんの周りでは、私の存在は疎ましいものだと、分かっていたわ」

「そうね、ずいぶん長い間肩身の狭い思いで暮らしたことは事実よ。ごめんなさい。嫌味な言い方に聞こえるわね。でもね、雪姉さんが藤木冴子さんとの二人展を開いたあたりから風向きが変わったわ。私のお仲間の中でも、藤木さんとのつながりや、あの水墨詩画を評価する人がいたの。ファンだって言っている人もいたわ。だから私も心秘かに、あの作家は、私の実の姉よって、自慢したいと思っていたのよ。でも、素直に近づくことを自分で許せなかった。月姉さんの手紙は、そんな私の壁を突き破ってくれた」

冴子とのつながりが、姉妹の仲を取り持つのもまた縁というものなのだろうか。改めて、藤木、冴子の存在の有難さをしみじみと感じるのだった。


川西の喪主挨拶が、型通りの言葉の後、訥々と語られた。

「妻と出会って四十年余り。良き妻、良き母として過ごしてきました。余命半年と宣告されたときは、手を取り合って涙しました。その後の妻の有様は、見事の一言に尽きます。どんなにか体も心もつらかったと思いますが、身辺の後始末をし、心の整理は手紙に託したようです。命日と誕生日が同日になったこと、名前の由来となったと聞く、冴えわたる月の夜に旅立ったことも、妻らしい最後だったと思われます。妻への深い感謝の言葉と共に、皆さまとあの世に送り出したいと思います。ありがとうございました……」

川西の言葉が雪乃の胸に深く染み渡る。早すぎる月子の死ではあったが、川西の愛を存分に受けた幸せな日々であったことが、せめてもの慰めとなった。

瑠璃出産後は「紅葉亭」で雪乃預かりになることに川西との間に話し合いができていた。月子のたっての願いであったことにもよる。春まだ浅い三月半ば、瑠璃は男の子を出産した。雪乃が最初に思ったことは、娘でなくて本当に良かったということだった。父を見知ることなくこの世に送り出された子であるが、これまで続いた母から娘への運命の道がきっと変えられるに違いない、と思えたからだ。

名前は、まだその存在を知らずにいたころに、男の子でも、女の子でもどちらにもつけられると、海野と二人で決めていた、薫と名付けられた。

これまでの「紅葉亭」が侘び寂びの静寂に満ちた世界であったとすれば、薫と共に過ごす世界は、元気な赤ん坊の泣き声がする生命力あふれた世界と言えるだろう。動き回る姿の存在は、慌ただしくもあるが心潤わす世界ともなった。月子からの預かりものの瑠璃は娘として、薫は孫そのものとして暮らす、月子からの大きな贈り物だと雪乃は思った。

薫と共に瑠璃は、雪乃の秘書のような役割をしながら「紅葉亭」で過ごすことになった。薫が一歳になったのを機に、予約客も受け入れ、滞りがちだった雪乃の作画も再開する。その予約客の中に、瑠璃が勤めていた画廊での知り合いで、美術評論家として活躍している山本一真がいた。山本は季節の変わりごとに病弱な妻の静養がてら「紅葉亭」を訪れていた。よちよち歩きをするようになった薫を見つけると、

「この子が海野君の忘れ形見かい。可愛いなあ。どんなにか、見てみたかっただろうね」

子を持てなかった山本とその妻が、薫の姿を目で追う。薫との触れ合いも「紅葉亭」来訪の楽しみにしているようであった。

山本の妻が、丁度居合わせた瑠璃に呟くように問いかける。

「失礼を承知で伺うのだけれど、瑠璃さんは、再婚なさらないの?」

「絶対にしない、というわけではありません。薫に父親がいたらいいなあと思うことはあります。私も母の連れ子でしたが、父にはすごくかわいがって育ててもらいましたので。私の再婚というよりは、薫に良い父親を、という願いの

方が強いと言った方が適切かもしれませんね。ただ今のところ、私にも、薫にも、そんなご縁は無いようで、ふ、ふ、ふ」

　笑みを含んだ顔で答えた。

「ああ、良かった。もう結婚はしません、といったら悲しいですものね。でも瑠璃さんの場合は、離婚ではなかったわけだし、海野さんの事が思い出に変わったら、また縁をつなぐこともできますわよ」

「はい、そうですね、ご縁があれば」

　山本の妻と何気ない会話が取り交わされた。

「今度はいつ来られるかしら」

「また、お元気なお姿お見せくださいね。心よりお待ち申しております」

　瑠璃は、山本夫妻の来訪を、単なる客以上の心で迎え入れていた。

　子供の成長は目覚ましい。瑠璃は母屋での仕事に薫を伴う。雪乃の仕事場に近づかないようにと言い聞かせてはいたが、二歳を過ぎた薫の好奇心に満ち溢れた行動力に歯止めはきかない。

「バアバ、どこ」

まだ取りきれないオムツで膨らんだお尻を振り振り薫が顔をのぞかせた。雪乃が筆をおいて手招きすると、ちょっぴり遠慮する素振りをしながら入ってきた。

「なに、してる」

「お絵かきしてるのよ」

眼鏡をかけ、たすき掛けの姿を不思議そうに眺め、目の前の水墨画の道具や、描かれている絵を、真ん丸にした眼で眺めている。

「バアバ、かきかき」

描いてと言っているのだ。反古紙に真ん丸お目目の薫の顔を描いて見せる。

「薫ちゃんよ」

うん、と満足げに頷いた。

「薫ちゃんもお絵かきしてみる」

反古紙を敷き詰め筆を握らせる。まだ箸使いもままならない手に、筆を持たせると、紙の上に筆を下ろす。しばらく、言葉にならない声を挙げながら嬉々としてかきなぐっていた。それは、薫を探しに瑠璃が来るまで続いた。

「カオル、あら、あら　あら。すみませんお邪魔して」

「いいの、いいの。薫ちゃん楽しそうよ」

これを機に、時折雪乃のそばに現れてはおとなしく作業を眺め、雪乃に与えられた紙でお絵かきするということが続いた。やんちゃな薫であったが、張り詰めた緊張感を感じてか、雪乃の仕事の邪魔はしなかったし、絵を描くときは、他のどの遊びより、取りつかれたように熱中していた。

これまで家庭を持たなかった雪乃に、瑠璃親子の存在と薫の成長は、おばあちゃんが孫の成長をハラハラ、ワクワクしながら見守るという普通の家族の姿を実感させるものであった。そして、雪乃と同じように、その成長を楽しみに見守る二人がいた。時折訪ねてくる山本夫妻は、時として庭先に遊ぶ薫を見つめ、ボール遊びに付き合う夫を縁先から見守るという姿を見せていた。

薫が八歳になったころだった。山本の妻が亡くなり、山本はその後一年あまり喪に服すように「紅葉亭」を訪れることがなかった。久しぶりに山本から宿泊の予約が入った。

「いつも、ここに来るのを楽しみにしていました。今日は、写真ですが、妻も一緒に連れてきました」

瑠璃が部屋にお茶を淹れに入ると、窓際のソファーに腰を掛けて外を見ていた山本が、立ち上がり、書類入れのようなバッグから、淡い菫色の封筒を取り出した。

「瑠璃さん、ちょっといいですか。あなたに渡したいものがあるんです。妻の一周忌が済んで、亡くなったままにしていた妻の部屋を、先日やっと片付け始めました。その時、文箱の中に、私宛の手紙とあなた宛ての手紙を見つけました。受け取っていただけますか」

手渡された手紙には、確かに海野瑠璃様と表書きされていた。

「後でゆっくり読んでください。体調がすぐれなくなってきていましたから、死を予感して書いたのかもしれません。私への手紙の日付は、死の一年も前でした。多分、私のものと同じころに書いたものと思います」

受け取った手紙を携え部屋に戻って読み始めた。

海野瑠璃様

この手紙を読んでくださっているということは、私はもうこの世にいないということですね。死んだ者の我儘、聞いてくださいますか。

私はもともと心臓に持病があったこともあり、夫に子供を残してやることが出来ませんでした。一度授かったのですが流産し、その後はドクターストップがかかってしまったのです。そのことで、夫は私を責めることは一度もありませんでしたが、子供は好きでしたし、欲しかったと思います。薫ちゃんと接している姿、薫ちゃんを見つめている眼がとても幸せそうで嬉しそうでした。

先日あなたとお話ししていて、再婚のことをどう考えているか伺いました。厚かましいと思われるかもしれませんね、でも、敢えてお願いしたいと思い、この手紙に託します。

夫とは年も離れているし、またどんな良いご縁があるかもしれないことを承知で、夫との再婚を考えていただきたいのです。夫としてはどうかわかりませんが、良き父親になるだろうことは、私が保証します。瑠璃さんが夫を嫌いでなかったら、どうぞ、ご一考よろしくお願いいたします。文章を書くなど苦手な私ですので、私の切なる願いがどこまで通じるかわかりませんが、夫を思う気持ち、薫ちゃんの幸せを願う気持ちは、誰にも負けないと思っています。合わせて、瑠璃さんが幸せになっていただければ、こんなに嬉しいことはないのです。

夫にも同じ思いの手紙を残しました。どうぞ私の願いが届きますように。

山本しづか

本音を伝えきれるだろうかと淀みながら書いたであろう山本の妻の手紙を、瑠璃は抱きしめながらすすり泣いた。山本の妻の思いは充分すぎるほど心に響いた。

山本もまた、妻の心を受け取り、瑠璃や薫との距離を近づけようと、たびたび「紅葉亭」を訪れた。

休日が重なる時は、薫や瑠璃を伴って、少し離れた遊園地などに連れ出すこともあったからか、山本の来訪が、薫もまた楽しみになっていたようだ。

「山本のおじちゃん、今度はいつ来るの」

帰るときに薫は必ず、次の訪れを楽しみになっていると告げていた。

薫が十歳になったころ、これまでも「紅葉亭」の客として時折訪ねていた美術評論家の山本が、改まった形で雪乃の前に現れた。山本は二年前に妻を亡くしていた。茶室で一服飲んだ後、水屋の後始末を終えた瑠璃が山本の傍らに座った。

「雪乃さん、今日はお願いがあって伺いました」

「はい、どういう御用件でしょうか」

瑠璃に目をやりながら山本が躊躇しながら口火を切った。

「瑠璃さんを妻として迎えたいのです。ご存じのとおり、年は一周り以上も離れています。妻を亡くしたばかりでもあり、厚かましいと思われるかもしれませんが」

「そんなことはありませんが、瑠璃も承知の上での話ということですわね」

瑠璃もかしこまって聞きながら、しっかりと頷いている。

「妻との間に子供はいませんでした。海野さんのお子さんの薫君を、私の子供として見守っていきたいと思っています。仕事柄と言ってはなんですが、薫君の才能を育てたいというのもその理由の一つでもあるのです」

と言って、薫の画才を高く評価していることを述べる。将来本人が望めばフランス留学もかなえてあげたいとも言うのであった。

「まだ十歳の薫に、そのような才があるというのでしょうか」

「やはり、海野さんの才能が受け継がれているのではないでしょうか。こちらに来た折、時々薫君の絵を見せてもらったことがあるのです。普通の小学生の絵とは違います。感覚の鋭さ、表現に凄味があります。このまま埋もれさせては勿体ないと思います。是非ともこの才能をもっと引き出し伸ばしたいと、わくわくするような気持ちで一杯になるのです」

「そう言っていただけるのはなんと有難いことでしょうか。私にとりましては、薫のことは勿論ですが、何より瑠璃の幸せを願っています。妹から二人を託されていますので」

この十年余り、雪乃にとって、瑠璃と薫との生活は、二人を支えているつもりのはずが、その実、二人によって支えられている。手放すことが容易ではないと実感し揺れ動く。

「すぐにご返事できないこととお許しくださいますか。心の整理が必要に思われますので」

「もとよりのこと。瑠璃さんとも十分にお話しあってください」

山本を送り出す瑠璃の後ろ姿を目で追う。寄り添う姿に瑠璃の喜びが映し出されていた。その姿に、結婚を決めた時の、月子と川西の姿が重なって見えた。これから先のことを考えれば、自分の寂しさを優先させてはいけない。しばりつけてもならない。山本に瑠璃を託して、笑顔で送り出さねば。雪乃の決意は固まった。

四月、薫の新学期に合わせて瑠璃たちは、山本の住む東京郊外に住まいを移した。雪乃が一番心配した、薫と山本の関係は、培ってきたこれまでの付き合いもあってか、予想を超えてスムースに親子関係に移行している。これまで子を持たなかった山本は、薫を溺愛しているように映る。瑠璃が川西に慈しみ育てられたように、薫への山本の姿が、それに重なって見える。

山本の妻、しづかが、瑠璃に残し、託した手紙そのまま移されたような形となっている。瑠璃の、薫に父親を与えたいとの思いが第一と思われるが、瑠璃にとっても、年の離れた山本に、夫というより、川西とは別の意味で、理想の実の父親を重ねて見ていたのかもしれない。

二人が去った「紅葉亭」は、宿泊を伴う客を取ることをやめ、雪乃独りの住まいになった。あまりにも静かな佇まいに、予想していたとはいえ、寂しさが募る。それを埋め合わせてくれるのは、月子が亡くなってから、月子の計らいによって花代が雪乃のもとを訪れるようになってくれたことである。女同士の取り留めもない話は、息子しか持たない花代にとっても、予想外の楽しみになっている。大きな家で、父母と穏やかに暮らしていたころを語る時、三姉妹での楽しかった思い出がよみがえる。その場に月子がいないことの寂しさ、月子の存在のありがたさを、しみじみと感じさせる。改めて家族を思うことになる。

一人暮らしにも慣れたころ、期せずして、水墨詩画を習いたいという人が訪れた。「月に一度でも二度でもお願いできないだろうか」と言う。三十代半ばの女性に、瑠璃が重なった。「教えるほどの技量はない」と言いつつ、「共に描くことなら」と、求めに応じることとなった。一人、また一人と、仲間が増えていく。時には、お茶席の場になり、食事処になり、何時しか、雪乃のサロンのようになっていった。時を同じくして、押しかけ女房ではないが、冴子の歌集と、水墨詩画の出版に携わった編集者の谷本妙子が、いつの間にか出版社をやめ、雪乃の秘書として住み込み、仕事と身の回りの世話をするようになっていた。

学校の休みになれば、山本に連れられて、瑠璃と薫が遊びに来る。休みの何日かは、雪乃のもとで過ごす。瑠璃にとっても、花代にしても、雪乃の家は、里帰りの実家のような存在となっている。

社会とつながり、家族との絆もそのままに、まだまだ老いてはいられない。雪乃にとって、これまでの中で一番穏やかな時が流れていた。

米寿を迎える。これから先の生き方、そして死を念頭に入れた過ごし方を考えねばと思う。自分で動け、身の処せる間は、隠遁生活には早すぎるとも思う。それでも、机の上には、集めた老人用施設のパンフレットが積み重なっている。

四季折々のありようの庭を愛でながら、真情を吐露する詩歌と、水墨画を合わせた水墨詩画を描く。

若いころは溢れるような新緑のエネルギーが好きであった。今ではそれを受け止めるのに力がいる。冴子がやすやすと、モミジの新緑を受け入れたことに、いまさらながら驚かされる。

今、雪乃を魅了するのは、紅葉《こうよう》の後、ビロードのような苔や、ふっくらとしたスギゴケの上に色を残して散り敷く散り紅葉《もみじ》。その姿に、家庭を持たずに来た独り暮らしの雪乃は「散り際」を考える。

うらを見せ　おもてを見せて　散る紅葉

良寛の辞世の句と言われる句を筆書きし、散るモミジ葉一葉を朱色に色を施し、水墨画に仕上げる。

筆を止め、雪見障子越しに庭をみる。また一片《ひとひら》モミジが散り落ちた。

落葉《おち》てなお　鮮やかなりし　散り紅葉

薫が、パリに留学し、帰国後、新進気鋭の画家として評価を受ける。山本の助言により、雅号は、海野薫とした。その活躍の姿を見届けたかのように、病を得て療養中だった山本が亡くなった。

再び、瑠璃は、雪乃のもとに身を寄せ、共に過ごした。

奥湯河原「紅葉亭」に、
「藤木冴子、三枝雪乃　短歌・水墨詩画　記念館」、
海野薫の常設画廊、
和風カフェ「雪月花」が、
雪乃遺言の元、瑠璃と、秘書谷本の管理下で営まれている。

了

著者プロフィール

香田 円（こうだ まどか）

1948（昭和23）年生まれ。茨城県出身。
茨城大学卒業。
神奈川県在住。
著書
『始まりは秋』（2004年、佐伯啓子名義、私家版）
『凜花　心情（こころ）はいつも小公女』（2019年、文芸社）

散り紅葉 —雪月花—

2023年12月15日　初版第1刷発行

著　者　香田 円
発行者　瓜谷 綱延
発行所　株式会社文芸社
〒160-0022　東京都新宿区新宿1-10-1
電話　03-5369-3060（代表）
03-5369-2299（販売）

印　刷　株式会社文芸社
製本所　株式会社MOTOMURA

ISBN978-4-286-24768-7